Original title: *Rain Forest*

Copyright © 1988 by Helen Cowcher

Spanish translation copyright © 1991
by Farrar, Straus and Giroux

All rights reserved

Library of Congress catalog card number: 91-34047

Printed and bound in the United States of America
by Worzalla Publishing Co.

Mirasol edition, 1992

EL BOSQUE TROPICAL

HELEN COWCHER

Traducción de Rita Guibert

MIRASOL · libros juveniles

Farrar, Straus and Giroux / New York

En el bosque tropical habitan muchos animales. Los perezosos, los osos hormigueros, los tapires y las azules mariposas Morfo.

Los tucanes, guacamayos y monos viven en las altas frondas del bosque. Hay suficiente alimento y agua para todos los seres vivientes, tanto para los que habitan en los árboles como en la tierra.

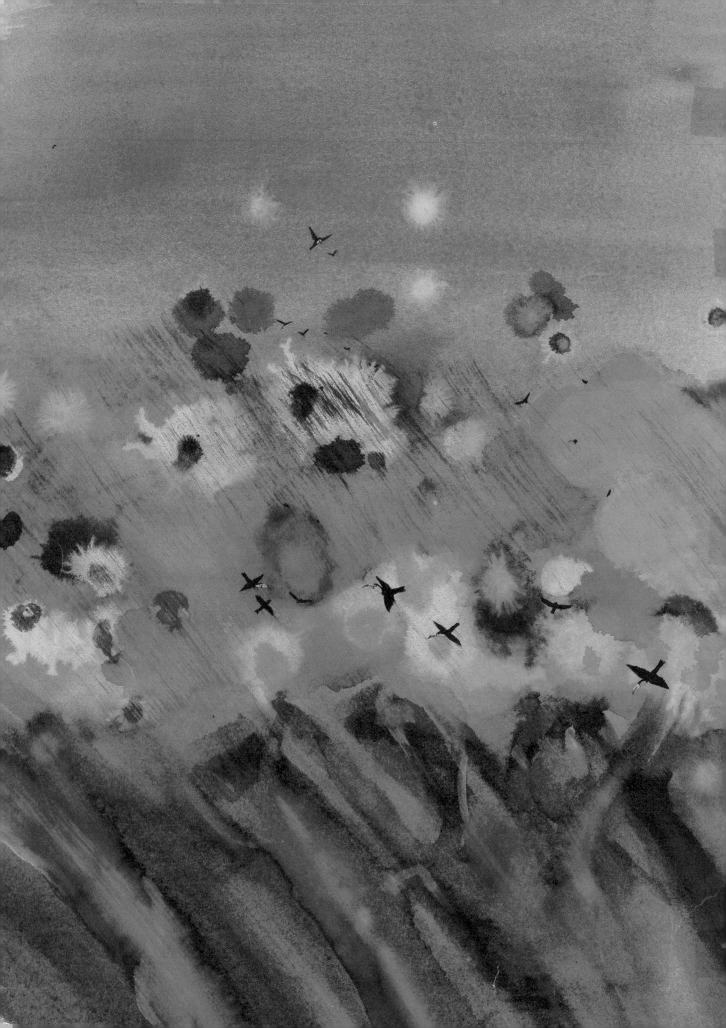

Un día el bosque se alarmó.

Desde lejos llegó una historia aterradora.

Los pájaros habían perdido las ramas donde
posaban. Caían todos los árboles.

El tucán escuchó esta noticia con grave presentimiento.

El perezoso también estaba preocupado. Sintió el
retumbar del bosque.

Había en el aire un olor extraño que hacía que las mariposas revolotearan más y más alto por la cima de los árboles. También los guacamayos percibieron algo siniestro en el aire.

Los osos hormigueros dejaron de merodear y se metieron entre las malezas.

Los tapires se internaron en tropel en la sombra.

El mono aullador lanzó un grito de advertencia
a sus compañeros. Ellos lo escucharon
desde muy lejos.

El jaguar rugió con furia y corrió velozmente por entre los árboles. Los animales se estremecieron. El jaguar era el animal más poderoso del bosque tropical.

Pero algo aún más poderoso amenazaba su mundo.

¡Maquinas!

¡Cortando y destruyendo!

El jaguar sintió una voz
que le decía:
—Sube a la cumbre.
Sube a la cumbre.

Llegaron las lluvias. Mientras, los animales se abrían paso para ascender cada vez más alto. El miedo los impulsaba.

¡ Luego llegaron las inundaciones! Ya no quedaban árboles para retener la tierra en su lugar, así que los ríos se desbordaron. ¡Y arrastraron la Máquina!

Pero los animales del bosque tropical estaban a salvo.

Desde lo alto los animales contemplaban las turbulentas aguas, los troncos quebrados y las lodosas riberas, y se preguntaban hasta cuándo los altos árboles quedarían ahí para protegerlos.